兒童文學叢書
・藝術家系列・

人生如戲
拉突爾的世界

嚴喆民／著

三民書局

國家圖書館出版品預行編目資料

人生如戲：拉突爾的世界／嚴喆民著.－－二版一刷.
－－臺北市：三民，2008
面；　公分.－－(兒童文學叢書・藝術家系列)

ISBN 978－957－14－3425－4　(精裝)

1.拉突爾(Georges de La Tour, 1593－1652)－傳記－
通俗作品

859.6

© 　人生如戲
　　　　　——拉突爾的世界

著 作 人　　嚴喆民
發 行 人　　劉振強
著作財產權人　三民書局股份有限公司
發 行 所　　三民書局股份有限公司
　　　　　　地址　臺北市復興北路386號
　　　　　　電話　(02)25006600
　　　　　　郵撥帳號　0009998-5
門 市 部　　(復北店)臺北市復興北路386號
　　　　　　(重南店)臺北市重慶南路一段61號
出版日期　　初版一刷　2001年4月
　　　　　　二版一刷　2008年11月
編　　號　　S 855701

行政院新聞局登記證局版臺業字第○二○○號

有著作權・不准侵害

ISBN　978-957-14-3425-4　　(精裝)

http://www.sanmin.com.tw　三民網路書店
※本書如有缺頁、破損或裝訂錯誤，請寄回本公司更換。

　　孩子的童年隨著時光飛逝，我相信許多家長與關心教育的有心人，都和我有一樣的認知：時光一去不復返，藝術欣賞與文學的閱讀嗜好是金錢買不到的資產。藝術陶冶了孩子的欣賞能力，文學則反映了時代與生活的內容，也拓展了視野。有如生活中的陽光和空氣，是滋潤成長的養分。

　　民國 83 年，三民書局董事長劉振強先生，有心於兒童心靈的開拓，並培養兒童對藝術與文學的欣賞，因此不惜成本，規劃出版一系列以孩子為主的讀物，我有幸擔負主編重任，得以先讀為快，並且隨著作者，深入藝術殿堂。第一套全由知名作家撰寫的藝術家系列，於民國 87 年出版後，不僅受到廣大讀者的喜愛，並且還得到行政院新聞局第四屆小太陽獎和文建會年度最佳少年兒童讀物獎。

　　繼第一套藝術家系列：達文西、米開蘭基羅、梵谷、莫內、羅丹、高更……等大師的故事之後，歷時 3 年，第二套藝術家系列，再次編輯成書，呈現給愛書的讀者。與第一套相似，作者全是一時之選，他們不僅熱愛藝術，更關心下一代的成長。以他們專業的知識、流暢的文筆，用充滿童心童趣的心情，細述十位藝術大師的故事，也剖析了他們創作的心路歷程。用深入淺出的筆，牽引著小讀者，輕輕鬆鬆的走入了藝術大師的內在世界。

　　在這一套書中，有大家已經熟悉的文壇才女喻麗清，以她婉約的筆，寫了「拉斐爾」、「米勒」，以及「狄嘉」的故事，每一本都有她用心的布局，使全書充滿令人愛不釋手的魅力；喜愛在石頭上作畫的陳永秀，寫了天真可愛的「盧梭」，使人不禁也感染到盧梭的真誠性格，更忍不住想去多欣賞他的畫作；用功而勤奮的戴天禾，用感性的筆寫盡了「孟克」的一生，從孟克的童年娓娓道來，讓人好像聽到了

孟克在名畫中「吶喊」的聲音，深刻難忘；主修藝術的嚴喆民，則用她專業的美術知識，帶領讀者進入「拉突爾」的世界，一窺「維梅爾」的祕密；學設計的莊惠瑾更把「康丁斯基」的抽象與音樂相連，有如伴隨著音符跳動，引領讀者走入了藝術家的生活裡。

第一次加入為孩子們寫書的大朋友孟昌明，從小就熱愛藝術，困窘的環境使他特別珍惜每一個學習與創作的機會，他筆下的「克利」栩栩如生，彷彿也傳遞著音樂的和鳴；張燕風利用在大陸居住的十年，主修藝術史並收集古董字畫與廣告海報，她所寫的「羅特列克」，像個小巨人一樣令人疼愛，對於心智寬廣而四肢不靈的人，這是一本不可錯過的好書。

讀了這十本包括了義、法、荷、德、俄與挪威等國藝術大師的故事後，也許不會使考試加分，但是可能觸動了你某一根心弦，發現了某一內在的潛能。當世界越來越多元化之後，唯有閱讀，我們才能聽到彼此心弦的振盪與旋律。

讓我們攜手同行，走入閱讀之旅。

♣ 簡 宛 ♣

本名簡初惠，國立臺灣師範大學畢業，曾任教仁愛國中，後留學美國，先後於康乃爾大學、伊利諾大學修讀文學與兒童文學課程。1976 年遷居北卡州，並於北卡州立大學完成教育碩士學位。

簡宛喜歡孩子，也喜歡旅行，雖然教育是專業，但寫作與閱讀卻是生活重心，手中的筆也不曾放下。除了散文與遊記外，也寫兒童文學，一共出版三十餘本書。曾獲中山文藝散文獎、洪建全兒童文學獎，以及海外華文著述獎。最大的心願是所有的孩子都能健康快樂的成長，並且能享受閱讀之樂。

　　拉突爾出生於 1593 年，逝世於 1652 年，享年不過 59 歲。拉突爾生前在家鄉頗享有名氣。拉突爾死後，他的藝術成就很快被歷史所湮沒，被人們遺忘了。但是到了 20 世紀，拉突爾的繪畫藝術又被發現，重新受到專家的重視。1972 年在巴黎舉行了一個盛大的拉突爾藝術展，之後又陸續有拉突爾的作品被發掘，拉突爾晚期的畫作：〈聖約翰在郊野〉，一直到 1994 年才被發現。

　　現在回顧 17 世紀的歐洲藝術史，難免要重新給予拉突爾一個相當重要的地位：拉突爾崇高的藝術成就是難以掩蓋的，他實在是 17 世紀法國最偉大的畫家之一。

　　拉突爾的藝術內涵豐富，有各種不同的主題和風格。有日常生活的情景，例如〈交稅〉這幅畫，描繪日常生活中一件煩惱，甚至痛苦的事。

　　拉突爾有許多畫表達出強烈的宗教意義，他一輩子都過得很平順安穩，不愁吃、不愁穿，沒有嘗過貧窮困苦的滋味，但是他卻能用畫筆詮釋最卑微的小人物，將之昇華為悲天憫懷、感動人心的宗教畫。例如一系列瑪德琳的畫像和一系列聖者畫像。

　　拉突爾的宗教畫有強烈的真實感，因為畫中人物是根據真實生活的觀察和寫生而來。他將高高在上的宗教人物落實到一般人的形象，在平凡生活中呈現宗教真正的意義。拉突爾洞察他身邊的世界，所以他的繪畫往往真實反映了當時的社會生活。這個特質對拉突爾的宗教畫有很重大的影響，使他的宗教畫平易近人，容易被人接受。

　　一幅偉大的畫總是敘述著一個永恆的故事，也像是一齣精彩的人生好戲。拉突爾的幾幅不朽畫作：〈樂師爭吵〉、〈算命仙〉、〈作弊的賭徒──黑梅花王牌〉、

〈作弊的賭徒——紅方塊王牌〉就是最緊張刺激的戲劇。在這一幕幕精彩萬分的戲裡面，拉突爾塑造每一個表情、眼神，每一個姿態和手勢，都準確完美得讓人拍案叫絕。

　　拉突爾這幾幅畫描繪人性的邪惡與欺騙，帶有一些道德教誨的意味。拉突爾對人性的觀察，融合驚人的繪畫技巧，將一個複雜的故事濃縮成一幕令人難忘的情景。當我們想到這幾幅戲劇性的畫，不由得就會想起幕後的導演——拉突爾。〈樂師爭吵〉、〈算命仙〉、〈作弊的賭徒——黑梅花王牌〉、〈作弊的賭徒——紅方塊王牌〉這幾齣戲將永遠駐留在西洋美術史上，作為拉突爾藝術精神的見證。

嚴喆民

♣ 嚴 喆 民 ♣

　　在臺灣出生，初中畢業後即隨家人移居美國。在內華達大學主修電腦科學，之後在舊金山藝術學院主修美術設計，並獲得學位。畢業後應用電腦與美術專長，主要從事美術設計、電腦字體設計等工作。近年來專心從事編輯、中英文翻譯與出版工作。目前定居北加州灣區。

拉突爾

Georges de La Tour

1593 ~ 1652

　　一五九三年三月十四日，拉突爾出生在法國一個叫做維克的小城，城內教堂特別多，教堂尖塔式的屋頂到處都看得見。

　　在十六、十七世紀的時候，維克城內商業相當繁榮，地理位置也相當重要。城裡有各種工匠，像是金匠、銀匠、鐵匠、木匠等等，應付市民日常生活所需。城外環繞著肥沃的土地，種植的農作物足夠供應城內市民日常吃的食物和喝的葡萄酒。維克城附近有一條塞爾河，還有不少很有價值的鹽田。

　　拉突爾的父親約翰在維克城裡經營一家麵包廠，雇用許多麵包師傅，天天烘製出香噴噴的熱麵包，供應小城居民每日食用。這是一件多麼重要的民生大事啊！難怪他的麵包生意做得很成功。拉突爾很幸運，家裡有一座麵包山，一生下來就不愁吃。家裡總共有七名子女，他排行老二，上面有一個大他一歲的哥哥。

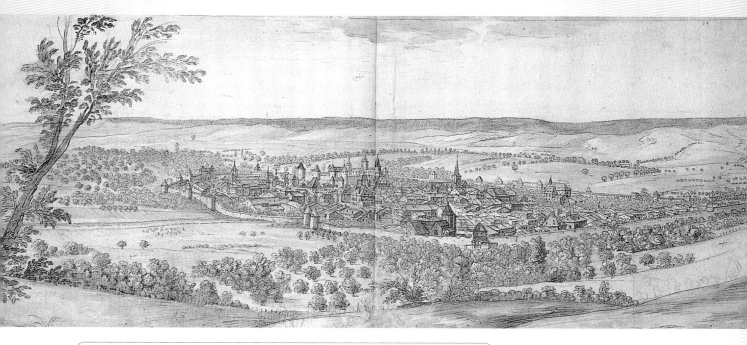

♠ 以瑟烈・錫爾維斯特，維克城一景，法國巴黎羅浮宮藏。

　　除了製造麵包，約翰也從事房地產買賣、穀類交易。他在維克城裡經商致富，有廣大人脈，認識的人上至市長，下至小店老闆。當然啦，約翰想：「我現在有點財富了，就差了一點身分地位。唉！我平常應該多和一些士紳名流、王公貴族交際應酬一番，才能提高我的社會地位和身分。」

　　拉突爾的父親說到做到。他的朋友當中有一位藍伯維利爾中將，不但身分地位高，學問又好，是一位詩人、畫家，還是一位大收藏家。在整個維克城，他收藏的書畫最多。拉突爾的父親常去拜訪中將，拉突爾小時候最喜歡跟著父親去，每次都

3

迫不及待的跑去藍伯維利爾中將的大書房裡，摸摸那些厚重的書，看看牆上的畫，好像裡面是另一個世界。

藍伯維利爾中將問他：「你看得懂嗎？」小拉突爾只會搖搖頭，中將很有耐心的為他講解那些書畫中的故事。這些幼年時期的藝術啟蒙，影響了拉突爾的一生。

小拉突爾看多了書本、畫冊，自己拿起畫筆來塗塗抹抹，倒也有模有樣的。到了十四歲左右，拉突爾的父母對他說：「看你很有繪畫天分，如果真的想學畫，就去外地拜師做學徒吧。我們請藍伯維利爾中將推薦你，去南希城拜貝朗傑為師。」

當時的南希城是藝術重鎮，離維克大約二十英里。南希城有一位畫家貝朗傑，是全歐洲有名的宮廷畫家，替皇宮畫了許多壁畫。

一六一一年，拉突爾離家去南希城當貝朗傑的學徒，學習他的技巧，直到一六一六年貝朗傑過世為止。拉突爾早期的繪畫跟隨著貝朗傑的傳統風格，後來才慢慢發展出自己的獨特風格。

拉突爾當完學徒幾年後，娶了狄安娜為妻。狄安娜的娘家是倫勒城富有的新興貴族。

● 木匠聖約瑟夫，1642 年，油彩、畫布，137 × 102cm，法國巴黎
　羅浮宮藏。

拉突爾的父母非常滿意這個兒媳婦：
「狄安娜的父親是公爵的財政局長，宮廷要員呢！他還請到維克市長、梅茲教廷的財政部長為新人證婚，真是太有面子了。我們的兒子娶了狄安娜，社會地位就不同了。」

按照當時的傳統，年輕人結婚後必須先住在自己的父母家中。拉突爾和狄安娜也不例外，他們婚後就住在維克，與拉突爾的父母住在一起。

這椿婚姻對拉突爾真是好處多多。靠著狄安娜娘家的貴族關係，拉突爾也漸漸成為上層社會的新貴了，可以說是夫以妻為貴。拉突爾在他的結婚文件上登記的職業是「畫家」，這是拉突爾第一次以畫家頭銜出現於歷史文件中。

拉突爾與父母同住了大約三年。一六二〇年，二十七歲的拉突爾跟父母商量：「我想自立門戶了。我要搬去倫勒城，開創自己的繪畫事業。」他以畫家身分向洛林領地的亨利二世公爵提出移居申請。憑著良好的家庭背景，加上妻子是倫勒城的貴族，公爵很快的就允許了拉突爾，還特別讓他享有特權——免繳大部分賦稅。

6

　　拉突爾一輩子都不愁吃穿，沒有嘗過貧窮的滋味。他雖然當畫家，卻不需向現實低頭，愛畫什麼就畫什麼。他觀察世間疾苦，很有同情心，看到苦哈哈的市井小民過著貧困的生活，總是會想:「為什麼他們的處境那樣可憐?」拉突爾用畫筆描繪一幕幕平凡小人物的日常生活，畫出一幅幅悲天憫懷、感動人心的畫。他早期的畫作如〈交稅〉、〈窮夫妻吃東西〉、〈老頭兒〉、〈老婦人〉，都是很好的例子。

　　拉突爾寫實的宗教畫在當時法國繪畫史上是一項創新。聖者，是凡人跟神之間的橋梁。那時的宗教畫總把宗教人物畫得很神聖，高高在上，籠罩在神的榮光下。拉突爾的宗教人物卻用平凡的街頭人物來代表。他畫的聖者讓人容易接近，也容易相信。

　　從拉突爾的這幾幅聖者畫像來看，他已經開始展現不同的風格。拉突爾從真實

♣ 交稅，約 1630～1635 年，油彩、畫布，99 × 152cm，烏克蘭利夫畫廊藏。

在拉突爾的時代，「交稅」這件事是常見的繪畫題材。每位畫家的畫法都不一樣，有的幽默，有的溫和，拉突爾的〈交稅〉給人的感覺卻很嚴肅。這幅畫很可能是他最早的作品，描繪的是夜間的情景。在燭光下有一群人擠在一個小桌子周圍，每個人的神情都很嚴肅、凝重。幾個大漢包圍著一個老頭兒，盯著等他交錢，老頭兒看起來悲傷不已。拉突爾使用擁擠的人物構圖、昏暗的燭光照明，來營造一種令人感到壓迫不安的氣氛。

◆ 窮夫妻吃東西，約 1620～1622 年，油彩、畫布，74 × 87cm，德國柏林國立
美術館藏。

畫中的人物是一對貧苦的老夫妻，在大白天躲在某個陰暗的角落吃東西，氣氛顯得嚴肅
又帶點悲哀。拉突爾以充滿同情的角度來畫這對老夫妻，但又將他們畫得很有尊嚴。

這對夫妻看起來真是歷盡風霜。拉突爾花了很多功夫來描繪他們的臉和手、乾皺的皮膚，
和疲憊的神情。注意看那個老頭兒的頭髮和鬍鬚，拉突爾用輕柔的筆法，仔細寫實的表
現出逼真的髮質。再看老頭兒的左肩，掛了一條白布巾，這回他改用粗長的垂直線條，
來表現布料柔軟有皺摺的質感。那老女人穿的外套，剪裁是很高級的，但是看起來這外
套早就很破舊了，很多地方又經過修修補補。拉突爾用輕淡的筆法，很小心的畫出外套
上磨破的洞和脫線的地方。

從這幅畫來看，拉突爾已經能完全掌握油彩顏料的特質，並且能自由的以不同的技巧來
表現不同的質感。在這幅作品中，可見拉突爾對自己的繪畫能力顯得很有自信，他特別
強調畫面光線明暗的對比，藉以烘托出畫中人物的真實感。

● 老頭兒 ，約 1618〜
1619 年，油彩、畫布，
91.1 × 60.3cm，美國
舊金山美術館藏。

♠ 老婦人 ， 約 1618～
1619 年，油彩、畫布，
91.4 × 60cm，美國舊
金山美術館藏。

拉突爾以仔細的觀察，用
面對面的高角度，準確的
畫出這兩位老人的全身。
就像〈交稅〉一樣，拉突
爾特別著重在臉部表情、
手的動作 ， 和身體的姿
態。那老婦人兩手叉腰，
薄薄的嘴唇，兩眼直瞪，
感覺上這是一個個性很
剛強的老女人。而老頭兒
就正好相反，姿態退縮，
顯得很懦弱怕事。
即使在早期，拉突爾已經
顯示了他高超的繪畫技
巧。仔細看那老女人身上
穿的絲綢圍裙，可以看到
圍裙的摺痕，絲綢布料的
閃耀，還可以看到圍裙上
方有刺繡和綴珠在閃閃
發光。

生活中取材，選出很普通的人當聖者的樣本，經過詳細觀察才畫出這些聖者。他畫的人物有血有肉，非常真實，直到今天來看，仍然生動非凡。比起他更早期的人物畫，這些聖者的容貌比較柔和，也更為立體。像是〈聖詹姆斯〉，拉突爾把他畫成像是一個開墾土地的勞動工人。你看他瘦瘦的手撐著一根砍斷的樹枝，棕黑色的皮膚有很多皺紋，穿了一件很舊的皮衣，看起來很落魄。

他的畫風簡明扼要，重點十分明確。他畫的人物，表情和動作都簡化到最基本的程度。拉突爾畫人的容貌表情、動作，多麼自然生動。像他畫桌上的蠟燭光照亮四面，又是多麼寫實啊！我們可以感受到一位年輕的畫家正在努力探索、觀察，發展他的繪畫技巧。

◆ 聖詹姆斯，約 1624 年，油彩、畫布，66 × 54cm，法國阿爾比羅特列克美術館藏。

♠ 聖湯姆斯，約 1624 年，油彩、畫布，64.5 × 53.9cm，日本東京國立
西洋美術館藏。

　　〈聖湯姆斯〉就像〈聖詹姆斯〉一樣，在最明亮和最黑暗的色彩之間，有很豐
富的層次。拉突爾在這時期，畫法比較放鬆，筆刷的痕跡也都看得出來。

♣ 聖菲力普，約 1625 年，油彩、畫布，63.5 × 53.3cm，美國維吉尼亞州諾福克快斯樂美術館藏。

注意看主角紅色上衣的透明鈕扣，光線照在鈕扣上，又穿透鈕扣映照在衣服上。拉突爾敏銳的觀察力在這幅畫中表露無遺。

好戲上演

人類常常為了求生存而表現出人性貪婪、粗暴、自私的一面。拉突爾觀察社會各個階層的人物，用寬容幽默的態度來闡釋人性的醜陋。他的畫充滿戲劇趣味，就好像在看一齣好戲上演。

我們來看〈樂師爭吵〉，這幅畫裡面有兩個街頭賣藝的樂師，他們正在互相攻擊，左邊那一個風琴師手上握著一把亮晶晶的小刀，正準備攻擊他的對手吹笛師；吹笛師也不是省油的燈，他左手拿著一把長笛子去抵擋小刀，右手高高舉起，像是要攻擊對方的頭部。

通常風琴師都是由盲人擔任，但是這幅畫裡的風琴師原來是個冒牌的盲人，因為打架而露出馬腳來。

這幅畫左邊還有一個老女人，是風琴師的同伴。她躲在後面，表情看起來十分擔心害怕。在畫的右邊有兩個樂師，他們是吹笛師的同伴。兩人在旁邊觀看這兩個

● 樂師爭吵，約 1625～1630 年，油彩、畫布，85.73 × 140.97cm，美國加州馬里布保羅・蓋蒂美術館藏。

拉突爾用很高超的技巧，安排這些人物占滿整個畫面，畫出互動的肢體動作、各人頭部的位置，和臉上的表情。

拉突爾在這幅畫充分表現了油彩顏料不同的特質。例如他畫樂師的白頭髮，是用奔放有力的筆觸；當他畫這些人物多皺紋的臉和手、牙齒、眼睛，到歷經風霜的皮膚，就改用細膩精確的筆法，可見拉突爾已完全掌握了油彩的特質。

♣ 手風琴樂師和
　狗，約 1620～
　1622 年，油彩、
　畫 布， 186 ×
　129cm，法國貝
　格美術館藏。

老頭兒為了點芝麻小事而打起來，覺得這場架十分的可笑逗趣。拉突爾將混亂、激動的那一刻衝突，永遠捕捉在畫布上。

　　拉突爾有一系列偉大的畫作是以手風琴樂師為主題。手風琴這種樂器在中古時期也曾經風光過，不過到了十七世紀這種樂器已經是老掉牙的玩意兒，早被潮流淘汰了。只有一些老樂師靠著這項樂器，勉強在街頭賣藝，求個溫飽而已。

　　〈手風琴樂師和狗〉是拉突爾的一個里程碑。這幅畫的超大尺寸不容忽視，視覺衝擊力很強。拉突爾在一六三○年左右連續又畫了四幅手風琴樂師的畫像。他們有很多共通點，但又有些不同的地方。拉突爾基本上用同一個模特兒作為手風琴樂師的樣本。這個人頭髮稀薄、凌亂，瞎了眼而深陷下去的眼眶，斷裂過的鼻子，粗大的腳踝和腳板。這些畫像的大小尺寸跟真實人物差不多。

　　拉突爾選擇日常生活中的小人物，經過他細心的觀察，這些人物清晰的重現在他的畫布上，像拉突爾畫的手風琴樂師，老醜、貧窮、又瞎眼，但是仍在街頭努力賣藝討生活。拉突爾以認真的態度看待他們，用心畫出了他們的尊嚴，讓我們充分

◆ 手風琴樂師，約
1628～1630 年，
油彩、畫布，162
×105cm，法國南
特美術館藏。

這幅畫的構圖平衡、
顏色調和。拉突爾善
用顏料來創造出各
種不同的質感，他的
畫表達出神奇的真
實感。注意看，樂師
左腳鞋子的鞋帶沒
有綁好；樂師的手風
琴有幾條弦纏繞著
白線。仔細看，在樂
師右膝蓋上方，還有
一隻蒼蠅停在手風
琴的蓋子上呢！

這幅〈手風琴樂師〉原本也是全身的畫像,不知道後來怎麼被裁去了畫的下半部,今天我們所看到的這幅畫像就只有上半身了。不過仍然可以從這張只有上半身的樂師畫像,看出拉突爾的畫風更加細緻、更有自信。

拉突爾使用更豐富的筆法、更立體的表現,看那樂師的頭髮和鬍子多麼輕柔,他的樂器感覺多麼笨重真實,他的臉和手映照著亮光多麼逼真。這幅畫的用色並不多,只限於棕黑色、乳白色、暗粉紅色,拉突爾精心用這些色彩,描繪出一幅色彩細緻調和、偉大動人的傑作。

領略生命真正的意義:不管生命是多麼困苦,仍然要努力,掙扎奮鬥,生存下去。難怪看到畫的人都會感動,也領教到拉突爾的繪畫功力。

連臺好戲

　　到了三十五歲左右，拉突爾的創作達到巔峰，已經是地方上很有名氣的畫家。據說拉突爾為法國皇帝路易十三世畫了幅〈聖賽巴斯汀〉。法皇太喜愛這幅畫了，竟下令將房間裡其他的畫都移走，只留下這幅畫供他欣賞。

　　拉突爾這時期選的題材是很古老的：貪婪與欺騙——人性邪惡的一面。你如果太天真，一不小心就會受騙上當！許多畫家都畫過類似的題材，有一些道德教誨的意味。義大利畫家卡拉瓦喬就曾經畫過類似的故事，比拉突爾早了三十年。但是拉突爾用他獨特的見解和風格，重新詮釋這些故事。

　　他像導演，編排出一幕幕戲劇化的好戲。代表作有〈算命仙〉、〈作弊的賭徒——黑梅花王牌〉、〈作弊的賭徒——紅方塊王牌〉，這三幅畫的主題和風格十分接近，代表了拉突爾創作的巔峰，典雅流

暢，有創意，有主見，達到非凡的藝術成就，精湛成熟的繪畫技巧令人嘆為觀止。

　　〈算命仙〉這幅畫的故事很有意思。一位吉普賽老婦在替一位年輕的貴公子算命。吉普賽老婦人捏著一枚錢幣懸放在他的手心上方，開始為他預卜未來的運氣。據說錢幣價值越高，預言就越準確。這位年輕人還沒領悟到他已經掉入圈套，就輕易成了一個受騙上當的凱子了。

● 算命仙（局部）。

♣ 算命仙，約 1630～1634 年，油彩、畫布，101.9 × 123.5cm，美國紐約大都會博物館藏。

這幅畫的主角是一個年輕貴公子、一個又老又醜的吉普賽婦人和她的三個吉普賽女同伴。他們排成一列站在一起，後面是整片淺咖啡色的背景。很可惜畫布的左邊被切掉了一些，最左邊的人物只剩下一半身體，使這幅畫的構圖有點不平衡。

這幅畫在右上角有一個很清楚的拉突爾簽名，同時也註明了他居住的城市，很可能這幅畫是賣給外地的收藏者，所以才需要註明畫家的居住地方。

站在他右邊那個年輕貌美的吉普賽女郎正在扒竊他的口袋。站在他身後還有另一個吉普賽女郎，橢圓形的臉龐，乳白色的皮膚，她的眼神斜斜望向年輕人，看起來像一位高雅的淑女，實際上她的手段更屬害，正出下手準備偷偷剪斷年輕人身上掛的金項鍊。

　　這一幕，表面上好像寧靜安祥，暗地裡卻藏有玄機，氣氛緊張刺激。拉突爾畫這些人的眼神和動作，傳神又生動。看吉普賽老婦身上的袍子，五彩繽紛的錦織圖案，令人讚嘆。拉突爾畫的服裝真是不同凡俗，這些或許是他想像設計出來的，他以出色的畫筆，將這些美麗昂貴的服飾，逼真的呈現在我們眼前。這裡可以看出，拉突爾本身對服裝設計的喜愛和講究。

　　拉突爾創造出一個虛華、散發著亮光的表相世界。畫裡面的空間和人物的安排組合，達到巧妙的平衡。這些畫裡的人物都是只有上半身。拉突爾先將畫中主角的形體都確實建立好，然後再慢慢以他獨特的筆法，畫出所有華麗的細節，像頭髮、精緻的服裝、繡線、羽毛、金鍊子、裝飾珠子等。拉突爾使用的色彩比以前較多，調色也開始增加一些淺顏色。

十五世紀時的歐洲，從上流社會到街頭小市民都很流行賭博。當時天主教宗曾下令嚴禁賭博遊戲，但一點效果也沒有。

有賭博就一定會有作弊的賭徒。到了十五世紀中期，賭博作弊已經成了一種專門的行業。這些賭博犯罪集團專門搭檔合作，有預謀的設計好牌局，引誘有錢的對象掉進圈套，等他們糊裡糊塗的上當後，口袋裡的錢就飛走了。〈作弊的賭徒〉就是描繪這種情景。

在藝術史上有一些特別讓人一見難忘的人物畫像。〈作弊的賭徒〉畫中的女主角，絕對是其中之一。她是一位精雕細琢的優雅仕女，橢圓的臉，完美的皮膚，黃棕色的頭髮緊緊貼住腦袋。她的體型很富態，穿著一件束腰的低胸紅色絲絨禮服，露出豐滿的胸部。

這位高雅仕女正策畫著一齣騙局，要下手的對象就是最右邊的年輕人。他看起來很天真，未經世故，正專心看他手上的牌。他穿著富麗浮華，真絲刺繡背心，還戴著一頂插羽帽。他已經贏了一堆金幣、銀幣，在他面前散發光芒。他開始貪心的想贏得更多錢，一點兒也沒料到這場賭局是設計來騙他的。

26

　　這位女騙子看準時機，以眼神示意女僕進來倒酒，分散年輕人的注意力。那不懷好意的賭徒，賊頭賊眼的四下巡視，趁沒人注意，將他藏在背後的假王牌拿出來調包了。

　　在這幕精彩萬分的戲裡面，拉突爾融合了人性的三大罪惡：賭博、酒、女色。拉突爾展現驚人的繪畫技巧，每個表情、眼神、姿態和手勢，都是準確完美的。他將一個複雜的故事，濃縮成一幕令人難忘的情景。這一齣戲將永遠停留在歷史上，作為拉突爾藝術精神的見證。

◆ 作弊的賭徒——黑梅花王牌，約 1630〜1634 年，油彩、畫布，97.8 × 156.2cm，
  美國德州福特沃斯金貝爾美術館藏。

這兩幅〈作弊的賭徒〉乍看之下好像一模一樣，但細心觀察比對這兩幅畫，可以發現許
多有趣的差異。最顯著的差別當然是作弊用的那兩張假王牌不一樣，一幅畫的是黑梅花
王牌，另一幅是紅方塊王牌。

在〈黑梅花王牌〉畫裡，拉突爾畫的美豔仕女戴著好幾串的細珍珠項鍊和手鐲，她把牌
蓋在桌上，用手壓住，看起來比較年輕，比較理想化；女僕手腕上的手鐲表面光滑，她
的頭巾顏色接近紫灰色，套裙是紅色的；年輕人的絲襪衫是粉紅色，外面套著一件有腰
身的刺繡長背心，他的嘴角微微上揚，好像對自己手上的牌很滿意。

♠ 作弊的賭徒——紅方塊王牌，約 1630～1634 年，油彩、畫布，106 × 146cm，法國巴黎羅浮宮藏。

在〈紅方塊王牌〉畫裡，仕女的珍珠項鍊和手鐲是單獨一串的大顆珍珠，她手上拿的牌面對自己，她顯得老練潑辣，衣服樣式沒變，但顏色變成棕色了；女僕戴的手鐲綴滿了寶石，頭巾換成了橘紅色，還插了一根裝飾物，套裙上半身變成了深綠色，衣袖上的圖案也不一樣了；年輕人的絲襯衫換成象牙色，刺繡背心變短了，在這裡他的表情比較嚴肅，專心在思考。

拉突爾這兩幅畫最重要的差別是，他使用了不同的畫法。〈紅方塊王牌〉那一幅拉突爾的畫法仔細而且精確，他用畫筆慢慢的、一層又一層的堆砌細節。〈黑梅花王牌〉的畫法比較快速有力。

拉突爾的晚年曾又回到賭博這個主題來，畫了一幅〈玩骰子的人〉，極可能是拉突爾過世前最後一幅作品。比起前兩幅〈作弊的賭徒〉，這幅〈玩骰子的人〉完全失去了絢麗的光彩，也失去生動的戲劇效果，和敏銳的人性素描。

最後一幕

　　拉突爾晚期的創作漸漸的回到宗教主
題。他善用日常生活裡的現象來象徵宗教
意義。他最擅長畫夜間情景，畫燭光或油
燈照明。一片黑暗的背景，代表人性的醜

♥ 吹火把的男孩，
1646 年，油彩、畫
布，70.8 × 61.5cm，
日本東京富士美術
館藏。

畫面中的明暗對比很
強烈，是一幅美麗的作
品。

陋、凡人的弱點，而一點閃亮的光芒，代表了神的光明、希望的來源。拉突爾的畫在視覺上簡潔明瞭，表達了畫中人物直接的情感，他彷彿能輕易進入他們的思想與靈魂。

當時拉突爾最受人歡迎的夜景畫是以「瑪德琳」為主題的。根據《聖經》的記載，瑪德琳本來是淫賤的妓女，曾經犯了七大罪惡。後來她信了主耶穌，真心向主懺悔，主耶穌便饒恕了她一切的罪惡，賜給她新生。那時在全歐洲正進行著天主教改革，一般人很能認同「懺悔便得救贖」的宗教精神，懺悔的瑪德琳成了很受歡迎的題材。為了應付市場的需求，拉突爾至少畫了五幅這系列的畫作，其中有〈捉跳蚤的人〉、〈書前懺悔的瑪德琳〉、〈凝視燭光的瑪德琳〉、〈鏡前的瑪德琳〉。另外還有一幅〈懺悔的聖彼得〉，也是類似的主題。

拉突爾善於將日常生活的現象，賦予深奧的宗教意義。拉突爾以燭光象徵純潔與光明。用鏡子、骷髏頭來象徵虛榮的肉體生活，也象徵了凡人的生命就如鏡中浮影，稍縱即逝。黑煙代表凡人的生命終究是短暫的，凡人應當盼望永生。

◆ 捉跳蚤的人，約 1630～1634 年，油彩、畫布，120 × 90cm，法國南希洛林
歷史美術館藏。

這幅畫的色調很暖和，籠罩著橘紅色、黃色的光彩。拉突爾使用顏料很大方，自信滿
滿。他用極嚴肅的態度來描繪在捉跳蚤的女子：她很認真專注的正在掐死一隻跳蚤。從
她樸素的穿著來看，她的身分低微，可能是女僕之類。值得一提的是，這幅畫裡蠟燭擺
在很明顯的位置。燭光照亮這年輕女子的身體，象徵她的純潔，也使這幅畫蒙上一層宗
教氣氛。

♠ 書前懺悔的瑪德琳，約 1630～1635（ 或 1645～1650 ）
年，油彩、畫布，78 × 101cm，私人收藏。

這幅畫像是一篇美麗與哀愁的詩章。瑪德琳的長頭髮蓋住她
的臉龐，只露出鼻、嘴、下巴側面。她的上半身沒有穿衣
服，身體隱藏在陰影中，傾向前面的桌子，雙手捧著一個骷
髏頭。這些與肉體有關的部分，象徵瑪德琳過去出賣肉體的
生涯。我們不知道瑪德琳對著骷髏頭在想什麼，但是我們可
以感受到她在深思、回想。

這幅畫最吸引觀者視線的地方是桌上的火焰。桌上擺著一本
破舊的大書，有一頁掀起來，被火焰光照得好像半透明。被
照亮的書頁象徵神的旨意，透過文字告訴世人。

❤ 凝視燭光的瑪德琳，約 1638～1640 年，油彩、畫布，117 × 91.7cm，美國洛杉磯郡立美術館藏。

這幅畫最引人注目的是火焰上方彎彎曲曲的黑煙正向上飄浮著。拉突爾細膩清晰的描繪油燈、火焰和黑煙，照耀著桌上的厚書和木頭十字架、繩索。瑪德琳神情肅穆，右手放在骷髏頭蓋上，左手支撐著下巴，前半身都籠罩在光亮之中，氣氛寧靜祥和，充滿靈性。

♣ 鏡前的瑪德琳，約 1640 年，油彩、畫布，113 × 92.7cm，美國華盛頓國家畫廊藏。

這幅畫最大的特點就是桌上立了一面鏡子。鏡中照映出一部分前方的書和上面的骷髏頭，給這幅畫帶來一種神祕感。瑪德琳的右手撐著下巴在沉思，她的臉顯然露得比較多，表情看起來有些憂愁。

◆ 懺悔的瑪德琳，1640～1645 年，油彩、畫布，128 × 94cm，法國巴黎羅浮宮藏。

♠ 雙燭光前的瑪德琳，1640～1644 年，油彩、畫布，133.4 × 102.2cm，美國紐約大都會博物館藏。

拉突爾晚期作品以夜間情景最知名，〈懺悔的聖彼得〉是他晚期典型的宗教畫作。彼得是主耶穌的門徒之一，耶穌受難那一夜，彼得在天明公雞啼叫之前，一共三次裝作不認識耶穌。彼得背叛耶穌之後，一直到老都活在內疚與懺悔之中。

拉突爾描繪的聖彼得就像是一位在祈求原諒的哀傷老人。坐在桌上的大公雞顯然提醒了我們：彼得在雞叫之前三次不認主耶

懺悔的聖彼得（局部）。

穌，牠象徵彼得背叛耶穌的罪過。

拉突爾在其他畫裡面，總是將光源放在顯著的位置，使畫中人物籠罩在溫暖的光暈中。而這幅畫，他只放了一盞大燈擺在地上，發出幽暗的光芒，微微照到聖彼得兩手交握、欲言又止的神情，暗示聖彼得永遠在祈求神的原諒。

♣ 懺悔的聖彼得，1645 年，油彩、畫布，114 × 95cm，美國俄亥俄州克利夫蘭美術館藏。

拉突爾又用他獨特的藝術眼光，重新詮釋「聖嬰降生」這個宗教主題。他認為母親抱嬰兒是日常生活裡的常事，因此他用平凡的人物來代表聖母、聖嬰，畫出一幅細緻優美的〈新生嬰兒〉。拉突爾自己曾有過抱新生嬰兒的喜悅經驗，也有過失去孩子的心痛。他的妻子總共生了十名子女，但只有三個孩子活到長大成人。他的兒子艾提恩長大後，也成為一位畫家，承續了拉突爾的繪畫事業。

一六四〇年，拉突爾快滿五十歲了。他回顧一生，心裡相當滿意。他的一生可以說相當安定，一家人過著安穩舒適的生活。在地方上他是有爵位頭銜的鄉紳，又是有名望的畫家，連在巴黎也小有名氣。更幸運的是，他還有別的收入來源，不需要全靠賣畫維生。從一些留存下來的歷史文件中，可以發現拉突爾很有生意頭腦，可能是家傳淵源吧，因為拉突爾的父親就是很成功的生意人。

他在倫勒城的工作室很有制度。除了訓練自己的兒子艾提恩成為畫家外，從一六二〇年開始陸續收了五位徒弟。這些徒弟都要簽很詳細的合同，包括工作內容、學習課程等等。一六四八年，拉突爾在晚

年收了最後一個徒弟。這時他兒子已經二
十七歲，可以獨當一面了。最後這份學徒
合同上，他還特別註明：萬一徒弟還沒有
學成，他就先去世了，他兒子艾提恩會代
替完成合同裡的約定。

　　拉突爾最後十年的生命中，不論是繪
畫工作或是家庭，他兒子艾提恩都是他最
親近、最重視的人。艾提恩常常和他父親
合簽文件，有時候甚至代簽，可惜艾提恩
沒有留下他自己署名的畫作。

一六五二年，拉突爾逝世，享年不過五十九歲。他死後，他的藝術作品很快被歷史所湮沒，被人們遺忘了。幸而拉突爾的藝術成就是難以掩蓋的。到了近代，專家學者回顧十七世紀的歐洲藝術史，重新認定拉突爾的藝術成就，並推崇他是十七世紀法國最偉大的畫家之一。

♠ 聖約翰在郊野，約1645～1650年，油彩、畫布，81 × 101cm，法國莫賽爾省立拉突爾博物館藏。

這幅作品一直到1994年才被發現，最大的特點就是筆觸很平滑。描繪聖約翰獨自靜坐，在靈修、省思。畫中的聖約翰很有美感與靈性，周圍的環境一片黑暗，表示他在一個隱祕的地方。

拉突爾 小檔案

1593 年　3 月 14 日，出生於法國維克。父親是麵包商。

1611～1616 年　到南希城拜當時全歐洲有名的宮廷畫家貝朗傑為師。

1617 年　和來自倫勒城的貴族狄安娜結婚。

1620 年　以畫家身分向洛林領地的亨利二世公爵提出申請，移居到倫勒城。開始在他的畫室收一些學徒。

1620～1622 年　〈手風琴樂師和狗〉：拉突爾的一個里程碑。

1628 年　創作達到巔峰時期，已經是地方上很有名的畫家。

1630～1634 年　〈算命仙〉、〈作弊的賭徒──黑梅花王牌〉、〈作弊的賭徒──紅方塊王牌〉：這三幅風格接近的畫，代表了拉突爾達到非凡的藝術成就，可見其精湛成熟的繪畫技巧。

1635～1640 年　為法國皇帝路易十三世畫了一幅〈聖賽巴斯汀〉。法皇太喜愛這幅畫了，下令將房間裡其他的畫都移走，只留下這幅畫。

1648 年　收了最後一個徒弟。

1650 年　50 多歲的拉突爾繪畫技巧日漸走下坡。

1652 年　1 月，和妻子相繼過世，享年 59 歲。

藝術的風華
文字的靈動

2002年兒童及少年讀物類金鼎獎

第四屆人文類小太陽獎

行政院新聞局第十七、十九次推介中小學生優良課外讀物

文建會「好書大家讀」活動1998、2001年推薦

《石頭裡的巨人——米開蘭基羅傳奇》、《愛跳舞的方格子——蒙德里安的新造型》

榮獲1998年「好書大家讀」年度最佳少年兒童讀物獎

《拿著畫筆當鋤頭——農民畫家米勒》、《畫家與芭蕾舞——粉彩大師狄嘉》

榮獲2001年「好書大家讀」年度最佳少年兒童讀物獎

兒童文學叢書

藝術家系列

～ 帶領孩子親近二十位藝術巨匠的心靈點滴 ～

喬 托	達文西	米開蘭基羅	拉斐爾
拉突爾	林布蘭	維梅爾	米 勒
狄 嘉	塞 尚	羅 丹	莫 內
盧 梭	高 更	梵 谷	
孟 克	羅特列克	康丁斯基	
蒙德里安	克 利		

小太陽獎得獎評語

三民書局《兒童文學叢書・藝術家系列》，用說故事的兒童文學手法來介紹十位西洋名畫家，故事撰寫生動，饒富兒趣，筆觸情感流動，插圖及美編用心，整體感覺令人賞心悅目。一系列的書名深具創意，讓孩子們一面在欣賞藝術之美，同時也能領略文字的靈動。

兒童文學叢書

音樂家系列

沒有音樂的世界，我們失去的是夢想和希望……

每一個跳動音符的背後，到底隱藏了什麼樣的淚水和歡笑？
且看十位音樂大師，如何譜出心裡的風景……

由知名作家簡宛女士主編，邀集海內外傑出作家與音樂
工作者共同執筆。平易流暢的文字，活潑生動的插畫，
帶領小讀者們與音樂大師一同悲喜，靜靜聆聽……

兒童文學叢書

第 1 次系列

生命不能重來，童年無法NG

提供孩子生活所需的智慧維他命，
與孩子共享生命中的成長初體驗！